句集 春夏秋冬

盛山　八望
盛山向日葵

序文

盛山先生の大臣就任のお祝いに、国際俳句協会の幹部とともに大臣室にお伺いした。その時の写真がいま机上にある。盛山先生は奥様と共に私たちの俳句仲間である。しかし、新聞記者の方々は政治家の盛山先生の俳句のことは知らないらしい。従って、新聞記事に盛山先生の俳句のことは書かれていない。私は盛山先生ご夫妻と句会を一緒にしたことはない。だから、私は盛山先生の選を聞いたことがない。毎月送られてくる盛山夫妻の俳句を拝見しているだけである。私と盛山先生はそういう意味では不思議な俳句仲間である。

政治家で俳句に親しんでいる人は多い。衆議院議員会館の中で毎月議員の方々の句会が開かれていて、私はその句会の講師を長年務めていたことがある。ホトトギスの主宰の稲畑汀子が芦屋から上京したおり、ゲスト選者としてお招きしたことがあるが、稲畑汀子と高浜虚子との関係を事前に参加者に伝えていたところ、にわかに参加者が増えたことがあった。句会の際の批評では他の方の作品の批評よりも、自分の作品の解説を長々とする人もいて、国会内の政治の議論ではないが持ち時間の制限をしたいくらいであった。そんな国会議員の句会を懐かしく思い出している。

俳句を作る政治家にとって政治活動での遊説は、俳人としては吟行のようなものである。盛山先生の奥様の父上も政治家でもあり、ホトトギスの同人としても著名であった。私の父もホトトギスの同人でもあり、自由民主党の代議士でもあったが、遊説のときによく俳句を作って手帳に書いていた。盛山先生もあるいは同じように政治活動とともに俳句を作っておられるのかもしれない。政治家にとって自分の選挙区の風土は俳句を作る上での貴重な材料となるようだ。盛山先生も同じなのかと思う。盛山先生の句集を拝見してそんなことも思い出した。

盛山先生がいままでの俳句をまとめて句集を出版する計画は以前からありご相談を受けていたが、先に文部科学大臣になられたことも含めて、とても喜ばしいことである。

盛山ご夫妻の句集ご上梓を心よりお祝い申し上げます。

令和六（二〇二四）年一月吉日

大久保　白村

句集

盛山八望

春——八望

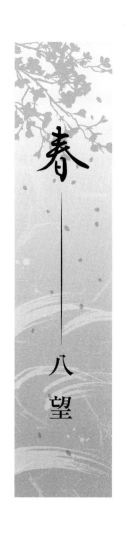

手綱引く　犬のお伴で　梅見かな

枝《し》垂《だれ》梅《うめ》　黄昏《たそがれ》の中　輝けり

朝まだき　白く輝く　梅の花

漂《ただよ》へる　香《かほり》の凜《りん》と　枝垂梅

梅の花　闇夜を白く　照らすかな

ガラス戸を　通し遥かに　梅見かな

足早の　歩みを落とす　梅の花

雨晴れて　蕾輝く　濃《こき》紅《こう》梅《ばい》

枝垂梅　白を従え　紅一点

盆《ぼん》梅《ばい》や　時の早さを　覚えたり

鶯の　今年も来たる　都市公園

初午や　湯立て神事に　人集ひ

神事の湯　浴び初午に　幸願い

純白に　境内染まる　一の午

境内の　活気づきたる　一の午

境内に　賑わひもどる　午祭

初午を　終え氏子らの　乾杯す

老若が　集い祈るや　紀元節

深夜まで　娘の手伝い　ヴァレンタイン

ヴァレンタイン　今年もチョコの　来るかしら

大袋　抱える義理チョコ　ヴァレンタイン

本命で　なくても嬉し　ヴァレンタイン

凍《いて》返《かへ》る　いつもの道を　歩む朝

友送る　斎場に佇《た》ち　凍《い》返る

雪残り　銀座の歩道　狭くなり

旧正や　龍《りゅう》も喜ぶ　南京街

旧正や　観光客の　今いずこ

先輩の　受章めでたし　鳴《めい》雪《せつ》忌《き》

蕗《ふき》の薹《とう》　土をどかせる　底力

公園の　茶色を破る　蕗の薹

春寒し　犬も散歩を　喜ばず

どことなく　日差しに春が　感じられ

どことなく　風景変る　春立つ日

春一番　しっかり襟を　かき合わし

公園を　掃除したいか　春一番

令和初　立春の風　心地良し

春の霜　朝日に溶けて　道黒く

孫走り　いつしか溶ける　春の霜

春の霜　そっと踏み行く　登山かな

春の霜　一二と踏んで　ラジオ体操

春霜や　朝日に輝く　大《だい》楠《なん》公《こう》

春浅く　手足の痛む　散歩かな

体操の　一同照らす　春の朝

公園の　春や子どもら　走りをり

船客の　声若返る　春の潮

野党より　もっと手強い　春の風邪

外套の　背中《せな》に感じる　余寒かな

山盛りに　公魚《わかさぎ》揚げし　頃は過ぎ

公魚に　時の流れを　気付かされ

初海苔や　漁撈《ぎょろう》の様子　眼裏《まなうら》に

椀内を　色鮮やかに　新若布

初雛や　人形飾り　孫を待つ

桃の日や　祈る息災　菓子供へ

雛飾り　何を祈るか　孫と妻

ままごとの　今日の相手は　雛人形

振る舞ひの　白酒求め　並ぶかな

春の大雪　ハウスの前で　呆然と

春雨の　上がり輝く　摩耶の嶺

賑はへる　公園に春の　にわか雨

彩りの　乏しき春の　田に日差し

春コート　色丈共に　軽やかに

電車待つ　ホームの風の　春めける

頬なでる　風さえ嬉し　春めきて

お囃子《はやし》に　心浮き立つ　春祭

春の野や　尻尾振りふり　犬進む

春潮に　清盛偲ぶ　輪田泊《わだどまり》

赤ん坊の　泣き声もるる　春障子

林道に　聴く春川の　響きかな

子ども等の　歓声戻る　春の川

如月の　風と戦ふ　蕾かな

頬撫でる　三月の風　心地良く

人多し　春分の日は　いずこでも

彼《ひ》岸《がん》会《え》に　集える信仰　厚き顔

袈裟の裾　絡《から》げ急ぐや　彼《ひ》岸《がん》会《え》僧《そう》

渓流に　魚《ぎょ》影《えい》の動き　水《みず》温《ぬる》む

水温む　池面《いけも》の蕾　ふっくらと

啓《けい》蟄《ちつ》に　出でし蛙の　轢《ひ》かれをり

のっしのし　蛙ぞろぞろ　啓蟄だ

啓蟄の　日差しにコート　脱ぎにけり

蛇穴を　出でてびっくり　人通り

足早に　通る並木に　木の芽ふく

孫を抱き　ふくらむ木の芽　愛でるかな

いがいがの　外套ふくらみ　楤《たら》芽《め》立《た》つ

山荘の　楤《たら》の芽と逢ふ　今年また

アスファルト割り蒲公英《たんぽぽ》の　たくましく

二周忌の　祭壇飾る　黄水仙

椀の蓋　蜆が山と　積まれけり

家中に　献立わかる　目刺《めざし》かな

スーイッと　眼を引く航路《こうろ》　燕来る

鮊子《いかなご》漁　胸なでおろす　漁協長

鮊子《いかなご》の　解禁待てる　人の列

鮊子の　幟《のぼり》はためく　漁協かな

鮊子に　列長々と　神戸っ子

鮊子の　くぎ煮に伝ふ　家の味

到来の　鮊子器に　踊りおり

いとゆゆし　鮊子の漁　ただ三日

水清く　鮊子とれぬ　瀬戸の海

暖かな　場所を求めて　鳥集う

青饅《ぬた》を　いつしか作る　娘かな

汽笛吹く　船が霞の　中来たる

来《こ》し方と　今後を想ふ　西行《さいぎょう》忌

ハルカスを　すっぽり包む　黄砂《こうさ》かな

お目当ては　花よりナッツ　アーモンドフェア

弥生はや　薄着に替えて　痩せ我慢

折角の　春日《はるび》続けど　コロナの禍

答弁を　済ませ車中で　春惜しむ

答弁レク　春暁《しゅんぎょう》迎える　大臣室

挨拶す　久しぶりなる　春の蝿

春の潮　メリケン波止場に　戯れり

初孫の　指の先には　春の星

選挙終え　春眠貪《むさぼ》り　夢うつつ

雨あがり　梢《こずえ》輝く　春の朝

春暁《しゅんぎょう》や　喜び告げる　鳥の群れ

飼い主も　飼い犬もまた　春眠し

総理らの　人を見に行く　観桜会

著名人　見に来るための　観桜会

蓋とれば　睨む眼悲し　桜《さくら》鯛《だい》

ショーケース　まんまん中は　桜餅

塩漬けの　葉のなつかしや　桜餅

雨風に　造形見事　花の池

国会に　向かう車中の　花見かな

風そよぎ　水面《みなも》は花屑《はなくず》　一色に

朝日受け　輝く御苑の　八重桜

デセールの　仕上げに載せる　桜花

目黒川　落花《らっか》に染まり　流れけり

目黒川　落花に川面　埋めらる
ぼんぼりと　花の映《うつ》れる　目黒川
花びらを　集めて染まる　目黒川
朝早く　桜のトンネル　掃く奉仕
見上げれば　桜の天井　並木道

鼻先に　落花《らっか》をつけし　犬を連れ

公園に　ピンクの絨毯《じゅうたん》　芝桜

どうしたの　今日は無口な　入学児

菜の花の　絨毯引き立て　海碧《あお》し

生垣を　真赤に燃やす　躑躅《つつじ》かな

木蓮の　花びら覆《おお》う　遊歩道
風そよぎ　お堀に並ぶ　青柳
暗闇の　帳《とばり》を開く　白《はく》木《もく》蓮《れん》
パリ想ふ　白い並木の　リラの花
シチリアの　思ひ出はるか　スイートピー

今年また　墓守るかに　黄楊《つげ》咲けり

目にしみる　楓《かへで》若葉の　十善寺

眩しさに　心浮き立つ　若緑

摩天楼　谷間に顔出す　朧月《おぼろづき》

遠来の　ＰＭ２・５で　月《つき》朧《おぼろ》

スカイツリー　見下ろす街の　朧《おぼろ》かな

連れ立って　心浮き立つ　日《ひ》永《なが》かな

公園に　子の声弾む　日永かな

長閑《のどか》さを　あこがれ今日も　走りおる

毎日に　追われ長閑さ　あこがれる

昭和天皇　実録開き　靖国祭

草餅に　子供の頃を　思ひ出し

草餅を　つくりし頃を　懐かしむ

草餅を　頬張り時の　経過知る

嬉しいか　鳥が囀《さえず》る　雨あがり

夏
八望

全校生　声も明るく　更衣《ころもがえ》
更衣　しても変わらぬ　男達
更衣　コロナ禍の街　明るくす
震《ふる》えても　ネクタイはずす　クールビズ
クールビズ　喉元寂し　更衣

通勤の　電車の楽し　更衣
更衣　通学バスも　軽やかに
神前に　地車《だんじり》の無事　祈るかな
地車が　揃いて祝ふ　御世《みよ》代《が》わり
地車で　心ひとつに　まとまれり

地車《だんじり》に　心を合わせ　五月晴れ

宮入《みやいり》の　地車光る　こどもの日

鳴り物に　心浮き立つ　春祭

筍に　あやかりたきは　その若さ

妻の炊く　筍飯に　慣れしかな

筍を食して我も天目指す

筍の強い生《い》命《のち》を噛《か》み砕《くだ》く

初孫を寝かせ会食こどもの日

こどもの日今や単なる休みの日

官邸に睨《にら》みを利かす武者人形

子が巣立ち　飾冑《かざりかぶと》の　主《あるじ》なし

境内を　狭しと泳げ　鯉幟

孫達と　粽《ちまき》を囲む　良き日かな

神饌《しんせん》に　緑の映える　柏餅

お下がりの　一味違う　柏餅

菖蒲湯に　子どもと入《い》りし　日を想ふ

菖蒲湯に　子と入《はい》りたる　日の遠く

菖蒲湯に　赤子を浸《つ》けて　祈るかな

献《けん》華《か》台《だい》　菖蒲すっくと　屹《きつ》立《りつ》す

神田っ子　祭りまつりと　日々暮らす

薪能《たきぎのう》　生田の森の　空焦がす

到来の　新茶を汲みて　もの思ふ

新茶汲み　この一年を　かへりみる

パレードで　賑わう神戸の　卯月かな

夏来る　待ってましたと　ノーネクタイ

通勤の　白いブラウス　夏来る

久々に　エアコン動かす　薄暑《はくしょ》かな

巣ごもりを　している間に　夏は来《き》ぬ

明るさに　目覚まし見やる　夏の朝

陽を浴びて　山肌の色　夏めける

山荘の　鍵を開いて　夏来る

夏霞　百万弗《どる》の　景《かげ》隠す

暖炉から　灰を片づく　五月来《き》ぬ

ビル際の　日蔭を捜す　小満《しょうまん》や

北向きの　庭照らしたる　薔薇二輪

犬連れて　葉桜の下　雨宿り

葉桜の　蔭を求める　日差しかな

神子《みこ》二人　手水《ちょうず》差し出す　若葉蔭《わかばかげ》

また来年　名残の尽きぬ　祭の夜

ビル街の　一境内を　風薫る

余花ありて　散歩の犬と　佇《たたず》めり

蓋取れば　緑鮮やか　豆ご飯

湯あがりの　色香《いろか》ふりまき　蚕《そら》豆《まめ》さん

莢《さや》の中　大事にされし　蚕豆や

鰺叩き　家族で囲む　つみれ汁

母偲び　ゲンノショウコを　火にかける

アカシヤの　花見て彼《か》の地《ち》　思ひけり

いつ迄も　赤くあれかし　カーネーション

容赦ない　日差しを避ける　六月や

庭に来る　鳥に起こされ　明《あけ》易《やす》し

明易《あけやす》や　鳥啼《とりな》き浮かぶ　師の笑顔

ベッドにて　寝ようとするも　明易し

時計みて　も一度眠る　夜《よ》の短《みじ》か

窓からの　日差しが憎い　短夜《みじかよ》や

短夜や　目覚まし見ては　目をつぶる

短夜や　モーニングコールは　鳥の歌

短夜や　目覚めうながす　鳥の声

短夜や　散歩をねだる　犬の声

短夜や　犬に散歩を　せがまるる

いつもより　心静かな　梅雨《つゆ》の朝

梅雨空を　仰ぎ静かに　物思ふ

梅雨の朝　乾かぬ靴を　履いて出る

梅雨じめり　背広を重く　感じけり

梅雨寒に　押し通したる　クールビズ

梅雨寒や　長袖慌てて　捜す朝

梅雨寒や　肩までつかり　長い風呂

曇天に　明かりもたらす　紫陽花や

映りたる　紫陽花揺らし　鯉泳ぐ

雨あがり　紫陽花輝く　散歩道

紫陽花に　犬の視線や　雨の朝

雨走り　青さの冴える　四葩《よひら》かな

雨上がり　朝日に映える　七変化

嫌わるる　黴《かび》にも生物　多様性

黴強し　カメラレンズに　繁殖す

一晩で　黴青々と　ポツポツと

青黴《あおかび》に　先を越されし　今朝のパン

垂涎《すいぜん》の　菓子蓋取れば　黴の雲

一株の　苺の生長　ベランダに

包丁を　入れたくなりし　苺かな

図屏風に　競うがごとし　燕子花《かきつばた》

一輪にして山梔子《くちなし》の馥郁《ふくいく》と

たちのぼる　新玉葱の香りかな

燃えるよに　さつきの絨毯《じゅうたん》輝けり

足下を　未央柳《びょうやなぎ》に照らさるる

さくらんぼ　きちんと整列　箱の中

緑冴え　木々の喜ぶ　雨の朝

枇《び》杷《わ》たわわ　子どもの頃を　懐かしむ

節電に　備へゴーヤの　苗を買ひ

鰻屋に　行列できる　頃となる

鰻屋で　値上げやむなし　注文す

トロ箱に　蛞蝓《なめくじ》集まり　宴会だ

蛞蝓の　数多《あまた》蠢《うごめ》く　雨の朝

蛞蝓と　根競べする　植木鉢

餌箱に　入りたる蟻の　逞《たくま》しさ

餌求め　必死に生きる　蟻地獄

玄関に　迎え出でしは　油虫

身動きも　できぬ蚊叩く　無慈悲さや

蛇祀《まつ》る　社《やしろ》の四《し》囲《い》は　草深し

堂島の　水面をゆらし　さみだるる

五月雨《さみだれ》の　本殿浄《きよ》む　遷《せん》座《ざ》祭《さい》

山越えて　来し客迎ふ　夏野かな

皐月《さつき》富士　書類に疲れた　目を休め

ギラギラと　路面まばゆき　暑さかな

不思議やな　夏炉《なつろ》の炎に　魅入られる

夏掛けや　細くなりたる　母の脚

夕立ちを　見上げる犬の　冴えぬ顔

大夕立　慌てて犬と　駆け競べ

アポのため　夕立の中　訪問す

夕立去り　湯気立ち香る　アスファルト

夕立に　ゴウゴウ踊る　暴れ川

夕立ちを　ものともせずに　馬場練習

遠《えん》雷《らい》に　やきもき悩む　演説会

雷《らい》雨《う》おし　選挙応援　ありがたし

雷《らい》雨《う》急《きゅう》　天候一変　空黒く

落雷に　飛び起き外の　様子見る

夜通しの　雷鳴《らいめい》やんで　抜ける空

超高層　稲妻部屋を　輝かす

今日も雨　日差し恋しい　七月よ

七月の　日差し恋しき　ことしきり

一歩外　サウナのような　梅雨《つゆ》明けよ

水無月の　街かけまわる　知事選挙

遊説に　日焼の腕《うで》や　選挙戦

知事選挙　終えてガランと　夏の夕

サングラス　かけてマスクの　不審者に

サングラス　異国の人に　張合うて

ビル街の　日差し強烈　サングラス

電車降り　日傘を開く　人の群れ

日傘さす　男が増える　時勢かな

海の日に　四《し》面《めん》環《かん》海《かい》　感謝かな

海の日に　船の安全　祈願かな

海の日や　安全祈る　例大祭

海の日に　安全祈る　ひたすらに

昨年の　分まではしゃげ　海開き

布引の　水辺に憩《いこ》ふ　登山客

夏霧の　頂き隠す　門司《もじ》の山

早起きを　しても顔中　汗みどろ

婦人会　帯に揃いの　団扇《うちわ》かな

神棚の　写真に向けて　百合一輪

孫の手を　はみ出す色や　茄子の紺

咲き誇る　ブーゲンビレアに　迎えられ

天届け　青《あお》萱《かや》の葉の　そそり立つ

蛸《たこ》壺《つぼ》の　奥に隠れる　半夏生《はんげしょう》

半夏生　奥に隠れる　明石蛸《あかしだこ》

朝ぼらけ　囀《さえず》る鳥の　声涼し

近づくを　許さぬ滝の　轟音《ごうおん》や

羅《ら》をまとい　集まる会も　久しぶり

安全を　祈る宮司の　玉の汗

節電に　あわてて捜す　古団扇《ふるうちわ》

句の出来ず　瞼重たく　なり昼寝

ギンギンに　冷やす素麺《そうめん》　待つ家族

アイス売り　親子連れ等で　賑わへり
ナイターの　終り電車の　賑やかに
ナイターや　浜風誘ふ　甲子園
ビール飲み　虎優勝の　夢育て
汗流し　両肌脱いで　これ極楽

真っ白に　グラス冷やして　ビール注《っ》ぐ

菜園の　きゅうりを今日の　メインにし

冷奴　サッカー見とれて　温《ぬく》もりぬ

秋

八望

星《ほし》月《づき》夜《よ》　思いは遥か　ビッグバン

また一つ　彗《すい》星《せい》仰ぐ　星月夜

天の川　きらめく星に　思い馳《は》せ

内閣の　門出を祝ひ　銀河濃し

様々な　思ひが出《い》ずる　初盆や

ありし日の　くさぐさ偲ぶ　月の秋
月《つき》一切《いっさい》　心静かに　もの思ふ
月を見る　もの思ふこと　忘れ見る
神事終へ　神も氏子も　月を愛で
境内を　清め迎える　今日の月

境内を　明るく照らす　望《もち》の月

天空の　舞台を照らす　今日の月

月光《げっこう》に　ビルの影伸び　熱帯夜

台風の　高潮に都市　麻痺したり

台風に　現代都市も　打つ手なし

台風の　前に人智《じんち》は　無力かな

負けまいぞ　台風地震　国挙げて

台風に　疲れ電車を　待ち疲れ

秋の灯《ひ》に　家路を急ぐ　仕度かな

早々と　秋の灯点《とも》り　時移る

秋の夜や　久方振りに　ギター弾く

仲秋の　空を仰ぎて　母思ふ

床一面　今日のおもちゃは　秋団扇《あきうちわ》

存分に　飛び回ったか　秋の蝶

踏み入りて　慌てて下がる　秋の海

島人《しまびと》が　船で見送る　秋の海

道路ごと　家を飲み込む　秋出水《あきでみず》

山肌を　鋭くえぐる　秋出水

秋出水　なすすべもなく　引き返す

久々に　ネクタイしめる　九月かな

敬老日　みな福《ふく》顔《がん》に　集まれし

生《いく》田《た》社《しゃ》に　中秋の朝　義父偲《しの》ぶ

長き夜に　義父を偲びて　筆を執る

じっとりと　額に汗の　長き夜や

パソコンが　ノートに代わる　夜《や》学《がく》かな

気持ちだけ　あせる夜なべに　居眠りす

灯火親し　妻と並んで　見るテレビ

散歩道　犬に引かれて　露散らす

露の玉　犬のお伴で　見つけたり

様々な　鳥の声聞く　露の朝

露散るや　刑務所内の　虚子の句《く》碑《ひ》

刑務所の　句碑に向ひて　虫を聞く

帳《とばり》おり　オフィス街にも　虫すだく

街角の　植木鉢より　虫の声

しみじみと　耳傾ける　虫の声

摩耶山の　観音様に　蚯蚓《みみず》鳴く

犬が追う　その目の先に　赤蜻蛉《あかとんぼ》

濁流の　水位も下がり　水澄めり

忘れずに　庭に顔出す　彼岸花

到来の　梨の香が満つ　リビングに

梨囲み　家族で笑ふ　一刻や

鰯雲　スカイブルーを　引きたてり

穂芒《ほすすき》に　雨粒輝く　茜空

強烈な　日差しを避けて　島の蘭

唐辛子　太陽いっぱい　島の味

穂を揺らし　見渡す限りの　玉蜀黍《とうもろこし》

正殿《せいでん》で　コチコチ姿の　秋の宵

松の間で　辞令を受ける　秋の宵

辞令手に　向かひて祈る　秋の月

コスモスが　迎えてくれる　初登庁

名月を　見るゆとりなく　日が過ぎる

新米を　かしこみ宮司　捧げ持つ

到来の　新米研ぐや　軽やかに

炊きたての　新米の香の　部屋に満ち

炊きたての　香りに感謝　今年米

豊年の　恵みや載せし　神饌の数

神事から　神事に急ぐ　秋祭

お神《み》輿《こし》に　気負う若《わか》中《なか》　秋祭り

六甲に　夕日の映えて　秋惜しむ

一心に　白球を追う　秋の空

山を見て　風見て感じる　秋の声

秋晴れや　杜氏の声の　高らかに

秋晴れの　到来望む　葉物達

秋高し　マイクの声の　良く響き

いつの間に　マイク持つ手に　秋の風

厳しくも　この道行かん　秋の暮

骨壺を　抱えて歩む　秋の天

妻の髪　白く乱すや　秋の風

秋晴に　葬儀をさせる　親不孝

献花して　戻らぬ日々の　秋思《しゅうし》かな

白菊を　見たくないわと　捨てる妻

寄り添うて　夫婦で聞くや　秋の声

利酒や　待ちかね競ふ　自信作

蔵開き　新酒求めて　賑《にぎわ》へる

賑へる　灘の郷いま　新酒どき

酒蔵《さかぐら》の　新酒にほころぶ　人の顔

カウンター　友と二人で　温《ぬる》め酒《ざけ》

語り継ぎ　落花生の殻　こんもりと

初茸《はつたけ》や　猪口《ちょこ》に口出し　土瓶蒸し

新蕎麦の　墨痕《ぼっこん》鮮やか　足止まる

冬瓜《とうがん》に　母の手料理　思ひ出す

日常に　追われる身にも　後《のち》の月

島の端《は》に　向かう航跡　後の月

航跡を　たどり航《ゆ》きたや　後の月

仕事終え　家路に見上ぐ　後の月

孫に手を　引かれし先の　草紅葉

得意げに　蜜柑《みかん》を剥《む》いて　みせる孫

銀杏《いちょう》散り　黄色く染まる　歩道かな

COP10《コップテン》　檸檬《れもん》と書いても　外来種

すっかりと　日本に馴染む　レモンかな

並木道　黄《こう》葉《よう》はまだか　温暖化

散歩道　今日はバッタに　ご挨拶

丑三つや　天下は俺達　虫様よ

すぐ横で　鴉《からす》が睨む　鳥威《おど》し

初鴨の　じっと見つめる　竿《さお》の先

鳥渡り　静寂戻る　里の池

朝露を　転がし犬の　駆けに駆け

天高し　新内閣に　寄す期待

出番待つ　体育の日の　道具かな

十月の　暦をめくると　あと二枚

赤い羽根　エクセプトワンは　我一人

締《しめ》切《き》りに　追われ追われて　肌寒し

雨《あま》空《ぞら》が　一《いっ》転《てん》秋《しゅう》天《てん》　即位礼

晴男　陛下がみえると　秋空に

秋の空　陛下の前で　国体祭

秋の日の　トイレも一緒　警護官

予算委で　勧進帳読む　秋の夕

冬

八望

あの暑さ　いずこ十一月の朝

十一月　街の装ひ　黒っぽく

冬物を　あわてて捜す　十一月

ホームには　マフラーの列　十一月

座談会　終えてやれやれ　文化の日

おごそかに　歴史重ねる　大《だい》嘗《じょう》祭《さい》

音たてて　神の旅立つ　林かな

コロナでも　出雲におわすか　神無月

神無月　神事に神は　お戻りか

神無月　忍び手打ちて　子を思ふ

完走を　目指し落葉の　山歩く

木《こ》の葉《は》落ち　境内明るく　なりにけり

参道の　落葉掻《か》く音　朝ぼらけ

落葉掃き　改まりたる　朝の道

バラバラと　音たて枯葉　降りしきる

足許を　銀杏黄葉《いちょうこうよう》の　照らすかな

縦走《じゅうそう》の　疲れをいやす　冬紅葉

冬紅葉　緑の峰に　アクセント

暮れなずむ　空を焦がすや　冬紅葉

山門と　色を競うは　冬紅葉

襟を立て　家路を急ぐ　初時雨

ポスターの　色あせ町の　初時雨

議事堂の　喧《けん》噪《そう》よそに　初時雨

駅を出て　急ぐ家路や　夕時雨

ベッドから　母が見つめる　初時雨

霊園に　着けば時雨の　襲ひきし

喧噪の　屋台ひやかす　酉《とり》の市《いち》

酉の市　コロナで一方通行に

喧噪の　楽し混み合ふ　酉の市

大根の　湯気に手を出す　孫三人

団欒や　大根囲み　湯気のぼる

大《だい》根《こ》煮る　香り漂ふ　日暮れ時

親友と　おでんをつつく　肩寄せて

話し込み　おでんの皿の　冷めにけり

子供らの　話しが弾む　おでん鍋

わいわいと　孫等と囲む　おでん鍋

幸せや　みんなで囲む　おでん鍋

新海苔に　漁師の顔が　眼に浮かぶ

新海苔を　いそいそ炙《あぶ》る　日暮れどき

新海苔を　供えて海に　感謝かな

街路樹の　キラキラキラと　小《こ》六《ろく》月《がつ》
初孫に　手を引かれゆく　七五三
久方に　境内賑わふ　七五三
食卓に　集ひ勤労感謝の日
キャンパスの　松は早くも　冬《ふゆ》構《がまえ》

初霜に　甍《いらか》輝く　天上寺

初霜や　笑顔の落書き　通学路

一茶忌の　句会と思ひ　呻《しん》吟《ぎん》す

芭蕉忌に　コンクリートの　街歩く

冬ぬくし　日陰選びて　参列す

納骨し　肩の荷おろす　小春かな

落葉踏み　ユネスコ本部　演説す

公務でも　弾丸ツアー　初時雨

顔見世の　話題に車中　盛り上がる

顔見世や　コロナに負けず　賑はへる

顔見世の　まねきの前は　異国人

小走りで　会議に向かふ　日《ひ》短《みじか》

今日もまた　走り回って　日短

灰色に　変わる風景　日短

カラーから　グレーに色褪《あ》せ　日短

マスクせず　吐く息白く　黙々と

黙々と　通勤の朝　息白し

夜明け前　ラジオ体操　息白く

公園で　喜ぶ犬の　息白し

飼犬の　はしゃぎ回って　息白し

息白し　太極拳の　人の群

息白し　ボックスに立つ　警護官

寄鍋を　テレビと共に　囲むかな

到来の　葱《ねぎ》を主役に　鍋囲む

煮えばなの　牡蠣を勧める　鍋奉行

蓋とれば　牡蠣の香りが　部屋に満つ

椀の中　主役は艶《つや》やか　牡蠣二つ

クリーム煮　殻付き牡蠣を　奮発す

洋食に　出てびっくりや　鰤《ぶり》大《だい》根《こん》

鴨の味　早や一年の　過ぎにけり

湯豆腐の　熱さ引き立つ　吟醸酒

湯をくぐり　冬菜《ふゆな》は一層　鮮やかに

磯の香の　口に広がる　海鼠《なまこ》かな

店先の　板に干されし　河豚《ふぐ》の鰭《ひれ》

珍しく　熱燗つけて　祝ふこと

焼《やき》諸《いも》に　シルクスイート　登場す

葛湯飲み　幼き日々を　思ひ出す

教壇に　立ちて何とか　風邪こらえ

風邪に臥し　いつもの布団が　極楽に

いと嬉し　冬日に輝く　車窓富士

六甲の　峰にうっすら　冬霞

日差し浴び　燃ゆるがごとき　冬木かな

木立枯れ　見える本堂　手を合わす

霜の道　朝日眩しく　輝けり

霜柱　踏んで昔を　思ひ出す

三日月の　くっきり輝く　冬の朝

咳一つ　すれば睨《にら》まれ　コロナの世

樟《しょう》脳《のう》の　香るコートの　季節かな

暮早し　今何時かと　時計見る

人はみな　うつむき歩く　寒さかな

国会を　終え中天《ちゅうてん》に　冬の月

襟立てて　家路を急ぐ　冬の星

終列車　着きしホームの　寒さかな

閉会し　院内廊下の　寒さかな

十二月　予算で賑う　党本部

税制に　予算折衝　師走なり

新聞を　読んでいる間に　湯冷《ゆざ》めかな

人混みも　羽子板市の　嬉しさや

張り切って　餅搗《もちつ》く杵《きね》の　重さかな

冬の雨　何を祈るか　ルミナリエ

ルミナリエ　寒夜《かんや》支える　ボランティア

クリスマス　ツリーにキャンパス　華やかに

数え日や　孫が指折る　暦見る

境内に　長蛇の列や　去年《こぞ》今年《ことし》

闇の中　無言で並ぶ　初詣

年明けを　風に耐え待つ　鳥居前

年明けを　待つ境内の　列に雪

境内で　押しあいへしあい　初詣

樽酒の　味もきわだつ　初詣

暗闇や　赤紫の　初明り

初日あび　いとおごそかに　神事かな

正月の　ハレを寿《ことほ》ぐ　宮司かな

元朝や　機窓に富士の　輝ける

幸あれと　祈る初富士　輝けり

輝ける　初富士拝む　一番機

元日に　お詞《ことば》賜わる　幸多く
朝《ちょう》賀《が》して　尊顔拝す　良き日かな
陛下には　新年年賀　つつがなく
御《み》代《よ》がわり　朝賀に心　改まり
お別れの　参賀の列の　どこまでも

久方に　家族揃ひて　屠《と》蘇《そ》を酌《く》む

雑煮椀　年に一度の　出番なる

黒と朱に　白さの映える　柳箸

いつもとは　異なり凛《り》凛《り》し　出《で》初《ぞめ》式《しき》

外人も　きちんと並び　出初式

七種粥　囲み一家の　無事祈る

湯気立てて　緑のはえる　七日粥

いつの間に　七草粥を　作る娘《こ》に

いくつもの　会を巡れる　小《こ》正《しょう》月《がつ》

神棚に　合格祈る　小正月

三寒や　部屋に駆け込む　神事終へ

警護官　寒《かん》厳《きび》しとも　じっと立つ

寒稽古　幼き子等の　声高く

勤め路を　みな足早に　寒の入

寒に耐え　庭の青草　見習わん

プルルンと　元気に動く　寒卯

凍《いて》鶴《づる》の　朝日を浴びて　輝けり

東横線　凍てつく朝の　空気裂き

風冴ゆる　二条の城の　天守跡

厄《やく》神《じん》で　破《は》魔《ま》矢《や》頂き　福願ふ

風花《かざはな》や　行きかふ人の　足早く
尻尾振り　悴《かじか》んだ手を　引っぱれり
悴んで　拾ひし犬の　糞落とす
マイク持ち　口の悴む　朝の駅
真っ白の　帳《とばり》の中から　雪女郎《ゆきじょろう》

賀詞交換　二十日正月　過ぎてなお

一輪の　冬薔薇庭の　車庫の前

冬の薔薇　朝の空気を　ものとせず

犬に手を　引かれてみれば　春隣

訪れる　瀬戸の島々　春隣

句集

盛山向日葵

春——向日葵

紅梅や　選挙のことの　遠い日に
梅一輪　毛皮はおって　立ち止まり
公園の　奥を明るく　梅の花
梅の花　木立の奥を　照らし出す
紅をさす　気分になりし　梅紅し

紅梅や　闇の中にも　色をさし

風に鼻　赤くなりしか　梅が香に

静けさに　一人たたずみ　梅見かな

食卓の　話しはずむや　ヴァレンタイン

本命と　義理との間で　ヴァレンタイン

娘らと　ヴァレンタインの　チョコ談義

義理の数　かぞえヴァレンタインの日

初午に　嬉しき顔で　並びたり

午祭　はるか伏見に　思い馳せ

旧正や　抱負かぞうる　いま一度

旧正や　よいことあると　信じつつ

旧正や　今日からちがう　人生を

新調の　服に余寒の　容赦なく

新しい　服で春《はる》寒《さむ》　やせがまん

如月《きさらぎ》に　薄着で過ごす　やせがまん

立春に　今日から薄着と　やせがまん
見栄をはり　一枚脱ぎて　春寒し
肺炎の　気配隣に　春寒し
春の霜　とは子育てに　似たるもの
春立つや　犬を励ます　散歩道

発表に　補欠を見ながら　春一番
何年も　かかり合格　春一番
装ふも　春一番に　やせ我慢
春一番　寒さがゆるむ　身と心
春来《きた》る　心も体も　ほっこりと

春一番　娘のお産と　ともにくる

選挙区へ　向かう身襲う　春の風邪

春立つと　天気予報に　はげまされ

早々に　初音《はつね》に元気づけらるる

鶯の　凛と止まりて　谷渡し

自慢して　孫が飾りし　クロッカス
孫達に　贈る品手に　あたたかく
歩き出し　着替えに戻る　あたたかし
合格の　しらせ受け取り　あたたかし
門出とは　皆いきいきと　あたたかく

久々に　出て街角の　あたたかし

指さして　犬に見せたる　木の芽かな

愛犬は　木の芽どうすと　言いたげに

伊勢遥か　幼き日々の　春の川

末の子の　初運転に　春の雨

祖母真似て　大根洗ひし　春の川

カラフルな　衣まといて　春の野に

ふるさとの　友集りて　春祭

東北の　息子案じて　春を待つ

とりどりの　服の流行《はやり》や　春めきて

町中が　春分の日の　墓掃除

春雨や　ビニール傘の　増えし町

三歳と　喜ぶ孫や　山笑う

新しい　生命《いのち》息吹きて　山笑う

蛇穴を　出て我が干支を　思い出し

蛇穴を　勇気を出して　出てみれば

声高に　霞にかくれ　子ら遊ぶ

こわごわと　足跡つける　春田《はるた》の子

蜆《しじみ》売る　声にめざめて　しまひけり

つばくらめ　新居の準備に　忙しく

蒲公英《たんぽぽ》を　手に手に子らの　たはむれる

蒲公英の　黄にかこまるる　山の家

紫雲英田《げんげだ》の　紅紫《あかむらさき》が　目に残り

紫雲英田に　こわごわ入りし　幼き日

一家皆　それぞれ船出　三月来《く》

三月の　南の島へ　旅支度

静まれる　彼岸詣《ひがんもうで》の　対話かな

初めての　神戸の花見は　いのししと

我が子らの　思ひ出多き　この桜

花吹雪　夢見心地の　園《えん》の子ら

列島を　端から端まで　花吹雪
満開の　木々の間に　星ひかる
一面の　花びらの中　星ひかる
窓辺から　色とりどりの　花朧
このごろは　見知らぬ人と　花を愛《め》で

国会も　花に包まれ　なごやかに

花吹雪　フロントガラスの　縁《ふち》飾《かざ》る

花《はな》の塵《ちり》　ほうき持つ手に　はりつきて

孫達と　成長競う　若桜

娘らと　作る桜の　葉のケーキ

見下ろして　富士も微笑む　芝桜

春眠を　また途切らせる　余震かな

公園の　木々にまたたく　春の星

キラキラと　星のかがやく　春の潮《しほ》

春の星　明日はいよいよ　新学期

春の蝿《はえ》　のらりくらりと　利《き》き酒《ざけ》か

居眠りの　隣でともに　春の蝿

目黒川　人もまばらに　春惜《おし》む

目黒川沿ひの散歩に　春惜む

コロナ禍の　収束願ひ　春の星

春昼に　外出自粛　うらめしや

春たけなわ　中止延期の　報ばかり

入学の　通知待たれる　携帯に

ぶかぶかの　制服歩く　入学式

入学の　孫に吾《わ》子《こ》入学の　頃をふと

今日だけは　弥生の雨が　うらめしく

遠方の　息子を思う　日永かな

時忘れ　寝不足つらし　日永かな

静けさの　戻りのどけし　目黒川

のどかさに　ピアノの音も　変わりをり

靖国祭　ただはしゃいでた　幼き日
立ち止まり　二人静を　見入る母
公園の　いたるところに　若緑
老母へと　ひ孫が育てた　ヒヤシンス
カラフルな　フリルのドレス　スイートピー

新婚の　日々なつかしく　ライラック

夏——向日葵

こどもの日　死して生まれた　姉おもい

武具飾り　泣き虫孫も　勇ましく

国会へ　夫送りし　武者人形

柏餅　二十歳《はたち》過ぎても　末の子は

菖蒲湯の　写真を開かぬ　娘たち

いさぎよく　天へ天へと　花菖蒲

筍に　良寛様を　教えられ

出汁《だし》に凝り　筍料理　娘《こ》と競ひ

今夕は　筍飯と　宣伝し

六十年　神田祭も　知らぬまに

日本中　祭り祭りと　騒がしく

母の日に　子や孫集い　疲れ果て

家事多し　母の日なれど　休めざる

母の日を　祝える幸の　ありがたく

母の日を　気付かず息子　帰り来て

母の日に　息子ふらりと　帰り来て
門の薔薇　いつ咲きしやと　立ち止まり
お別れの　杜《もり》の都《みやこ》の　薔薇美しや
薔薇の香や　外科一筋の　人逝きぬ
孫ら発つ　薔薇香るなか　慌ただし

薔薇の香に　託す思いや　言わずして

余花の香に　佇み若き　母たりし

ゆったりと　ゆく余花の香の　道しるべ

アカシアの　花の並木の　北海道

目をとじて　若葉の風の　音を聞く

夏座敷　若かりし母　衣替え

夏霞《がすみ》　いつもの景色　額の中

エアコンを　慌てて掃除　夏来る

夏来る　去年は何を　着ておりし

夏めくや　肌の手入れに　忙しく

夏めくや　幼子達の　赤ら顔

頬真赤　嵐のように　孫薄暑《はくしょ》

水草の　メダカの卵　いつくしむ

森の中　色とりどりに　卯《う》月《づき》かな

巣ごもりの　合間に走り　新茶買う

花に葉に　あふれんばかり　蔭をなし

小満《しょうまん》も　外出規制　つづくなか

更衣《ころもがへ》　すっかり忘れた　服見入る

父の日に　長生き願い　車いす

父の日は　何言われても　腹立てず

裏庭で　祖父母はしゃぎし　苺つみ
食卓に　娘手製の　苺ジャム
待ちかねる　娘の作る　苺ジャム
初孫の　苺をねだる　小さな手
何回も　苺の数を　かぞえる子

鎮《ちん》座《ざ》せる　摘みたてなりし　苺かな

店頭で　娘達にと　さくらんぼ

さくらんぼ　種出すしぐさ　小さき手

あじさいや　止まりて雨に　うたれつつ

今日こそは　孫に見せたい　かたつむり

会期明け　紫陽花《あじさい》の色　美しく

旅終えて　遡上《そじょう》の鰻に　我いさめ

川上る　鰻手本に　子ら諭《さと》す

寝不足の　からだにしみる　鰻かな

蟻になし　働き方の　改革は

生物の　多様性とは　ごきぶりも
近隣の　工事で集まる　油虫
はからずも　蚊も山登る　温暖化
藪蚊打つ　極悪非道の　運び屋と
せっかくの　おやつがカビに　先越され

テニスより　才能豊かな　はえたたき

人の世も　似たるものかと　蟻地獄

ここもまた　動けぬ暑さ　動物園

蛍火や　母の在所《ざいしょ》を　思い出す

入梅《にゅうばい》や　スタミナつける　献立表

空《から》梅《つ》雨《ゆ》に　買いたての傘　ながめつつ

大勢の　傘干す先に　皐月《さつき》富士

ひとときの　雨の合間に　風薫る

今朝もまた　掛けず置かれた　夏蒲団

網戸閉め　修理の依頼に　また気付く

答弁の　準備あれこれ　明《あけ》易《やす》し

六月や　庭木の手入れ　おいつかず

六月に　始まりし縁で　わが夫婦

食卓を　思いつ育て　茄子の花

くちなしの　白にすっかり　魅了され

くちなしの　花の白さに　あこがれる
冷蔵庫　息子の家は　ほぼビール
集まれば　ビール片手に　政治論
ナイターに　疲れふっとぶ　大声援
スタンドに　居眠りをして　疲れとる

寝返りに　続く寝返り　熱帯夜

真似をして　団扇《うちわ》で遊ぶ　小さい手

寝苦しく　団扇の風も　力なく

海の日や　機械化されし　灯台守

海の日に　明治の偉業　偲ぶなり

雷鳴《らくめい》に　祖父大騒ぎ　したる日も
遠ざかる　雷に笑顔の　もどりけり
昼寝覚め　ドラマの筋が　つながらず
昼寝して　寝るべき夜に　眠れぬと
夜ふかしの　テレビ詳しき　洗い髪

七月の　日差しの中に　生まれきし

サングラス　老眼鏡に　かけなおし

若かりし　母の思い出　日傘かな

日焼けして　駅でマイクを　持つ夫

蚊帳《かや》恋し　皆でよりそう　ころ想ひ

夕涼し　子供の声の　にぎやかに

涼求む　車の渋滞　うらめしく

涼風に　山荘思い　まどろみて

山荘の　空一面の　星涼し

久々に　冷房忘れ　山の家

滝しぶき　ひときわマイナスイオンなる

訪ねきし　裏見の滝の　倍すずし

下町の　氷の店に　長い列

選手らの　汗に涙の　まざりけり

波乗りの　夢えがき待つ　海開き

海女潜《あまもぐ》る　子はびっくりと　のぞきこみ

奏《かな》でるや　ブーゲンビリア　空と海

菜園の　小さな茄子を　愛しけり

食卓に　所狭しと　茄子並べ

今もなお　向日葵に似た　人想ふ

こもごもに　旅の思い出　夜の秋

秋

向日葵

三世代　線香花火を　思ひ出に

子や孫の　思ひ出花火線香に

朝顔を　育てる孫の　いとほしく

秋暑し　見えない敵の　デング熱

墓参り　父も静かな　石になり

月を見に　さわぐ孫らを　送り出し

シワやシミ　適度に隠す　月明り

仲秋や　身重の娘と　粉を練る

まだ生きて　ゐるぞゐるぞと　秋の蝉

秋の夜や　孫との話し　盛り上がり

秋草を　手折り持ちたり　名は知らず

初孫の　実感わくや　敬老の日

アメリカの　娘と電話　星月夜

いそいそと　長き夜すごし　寝不足に

新学期　しずけさ戻り　九月かな

いつまでも　残暑厳しく　蚯蚓《みみず》鳴く

ありし日の　母をおもいて　虫を聞く

今年から　所在無きこと　敬老日

静けさに　ふと手に取りし　秋団扇《うちわ》

入院の　母の布団に　秋団扇

山荘の　霧《きり》深き日の　静けさよ

時計見て　霧の中を　さがしおり

久々に　訪ねきし庭　花野なる

色っぽい　梨をむく手を　自画自賛

食卓の　一等席に　梨を置く

どこまでも　高層ビルと　鰯《いわし》雲

議事堂の　上に広がる　鰯雲

語り合い　空一面の　鰯雲

蜻蛉《とんぼ》さみし　大人になりし　子供達

選挙近し　トンボのはなしも　そこそこに

澄む水に　災害の年　うらめしく

孫帰り　静けさ戻り　虫を聞く

大声で　たまには鳴きたい　雌《めす》の虫

いつの間に　居眠りせしや　秋の風

秋風に　散歩の犬も　機嫌良く

亡き父の　一周忌終え　秋惜む

押入れの　布団を選び　秋惜む

寄り添うて　夫婦で聞くや　秋の声

忙しき　中にもありし　秋日和

昨日より　可憐な姿に　草紅葉《くさもみじ》

草紅葉《くさもみじ》　ほんのり明るき　夜の道

つみ上げし　書を読む夜や　後《のち》の月

十三夜　夫の寝息を　さがす闇

十月や　孫の行事に　忙しく

日程に　芸術多し　十月来

孫走り　止まり手をふる　運動会

運動会　皆目じるしを　髪につけ

亡き次女の　一等とりし　運動会

亡き次女の　笑み思ひ出す　運動会

体育の日は背すじ伸び　声高く

体育の日は背すじ伸び　足も伸び

豊年の　言葉むなしき　景気判断

新米に　危険知りつつ　おかわりを

新米に　決意遠のく　ダイエット

銀杏《ぎんなん》も　電子レンジか　娘達

銀杏を　肴に集ふ　仲間かな

松茸に　家族のつどい　にぎやかに

読書より　ぐんぐんすすむ　落花生

南天の　実のままごとも　幼い日

愛犬が　夜露ふるいて　へっぴり腰

冬

向日葵

おでんとは　仲むつまじい　代名詞

あれこれと　おでんの具にも　好き嫌ひ

健康で　おでんを囲み　にぎやかに

静けさの　中を枯葉の　舞へる音

枯葉舞う　色とりどりの　名画かな

孫の手に　色とりどりの　落葉かな

おみやげに　児のかかえくる　落葉かな

今少し　誘いこまれる　冬紅葉《ふゆもみじ》

落日に　亡き父思う　冬紅葉

リビングの　窓一面に　冬紅葉

走り出す　孫を追いかけ　冬紅葉《ふゆもみじ》

何百の　光かがやく　冬紅葉

上だけを　見とれて歩く　冬紅葉

七五三　子らの時代を　懐かしく

ひいきめと　知りつつ自慢　七五三

成長と　晴を祈りて　七五三

神様も　いとしく思ふ　七五三

小春日の　机上に高く　書類積み

ふと年を　忘れる小春　日和かな

憂さ忘れ　小春日和の　中に立つ

コロナ禍も　児走りける　小春かな

冬に入る　服の整理も　出来ぬまま

冬ぬくし　めだかの子供　なお増えて

陽の光　金色にさし　冬ぬくし

集会を　冬あたたかき　日向《ひなた》にて

走り去る　過ぎゆく景色　十一月

毎朝のラッシュ勤労感謝の日

閑寂《かんじゃく》に過ごして芭蕉忌と思う

一茶忌の　一句の出来に　得意顔

初霜に　解散の報　重なりて

師走来る　ミニマリストに　ほど遠く

どの人も　急いで歩く　街師走

師走には　年《ねん》初《しょ》の抱負　思い出し

街に出て　皆走りをり　十二月

ひっそりと　遠くの空に　冬の月

帰宅して　家の暗さに　冬の月

風邪ひかず　試験にのぞめ　末の子よ

風邪流行る　老いたる親を　守らねば

待ちわびて　走りよる孫　息白し

元気よく　体操するも　寒さあり

試験へと　荷物持つ手の　冷たくて
髪のすぐ　凍り銭湯　帰りかな

せっかちに　フロントガラスの　霜をとる
いつの間に　好きになったか　牡蠣《かき》料理
いつのまに　手慣れた娘と　牡蠣をむく

寄鍋《よせなべ》に　今日も手製の　柚子胡椒《ゆずこしょう》

餅つきの　父の背中の　大きさよ

孫達の　騒ぎと共に　冬休み

数え日や　忙しがりて　手がつかず

コート脱ぎ　晴着まぶしく　あらはるる

女正月《めしょうがつ》　甘味並びし　祝膳

まな板に　七草並べ　観察会

公園を　孫と歩いて　春隣

颯爽《さっそう》と　ショーウィンドの　春隣

北国の　息子を案じ　春を待つ

店先の　色もとりどり　春近し

メールにて　交わす冒頭　寒見舞

今年こそ　杜氏《とうじ》に会いに　寒造

長年の　念願かない　寒造

進級の　報になごむや　寒日和

一点の　朱をのぞかせる　寒椿

食卓に　並びし皿みな　寒卵

昨日今日《きのうきょう》　三寒四温の　服選び

選挙区へ　四温の朝に　見送りて

分刻み　新年会を　めぐりけり

月冴《つきさ》ゆる　息子案じて　仰ぎけり

不景気の　街に冬薔薇　凛と立つ

冬の薔薇　手本にしたい　姿なり

冬草の　青き姿に　ハッとする

悴《かじか》みて　おれど元気な　小さい手

悴《かじか》みて　携帯電話　鳴り続け

悴みて　もう帰ろうと　愛犬に

安売りに　二十日正月　混みあへる

人多く　二十日正月　寝込みたり

地の果てと　大雪の敦賀《つるが》で　思ひけり

地の果てか　大雪の敦賀　車中泊

大久保　白村

昭和五年（一九三〇年）三月二十七日生まれ

【俳句歴（プロフィール）】

父（大久保武雄　元労働大臣※俳号：橙青）が俳句をしていたので、門前の小僧として学生時代より作句。銀行就職後、富安風生指導の職場句会で本格的な指導を受け、主に富安風生主宰の「若葉」をはじめ「若葉」系の「春嶺」「岬」「朝」で学び、以後中断することなく「ホトトギス」「玉藻」「藍」などでも研鑽、日本伝統俳句協会元副会長。

表紙装画は、日本画家の守屋多々志画伯（文化功労者、文化勲章受賞）の作品でございます。画伯のお孫様と私共の長女が同級生でございましたご縁で使わせていただきました。

あとがき

盛山　正仁（俳号：八　望）
盛山　路子（俳号：向日葵）

ホトトギスの同人でありました、路子の父である元衆議院議長で前議員会会長であった田村元より、俳句を始めてみてはどうかと勧められました。田村元の議員仲間であった大久保武雄先生（俳号：橙青）のご子息であり、前議員会の句会でご指導されていらっしゃいました大久保白村先生に、平成二十（二〇〇八）年九月から月に一度ご指導を頂きながら、細々と俳句を詠むようになりました。

俳句を始めて十五年となります。その間には多くの方々との出会いがあり、また、お別れがありました。大久保白村先生のご指示を受けて私は俳句ユネスコ無形文化遺産登録のお手伝いを始めたのですが、俳句ユネスコ無形文化遺産登録推進協議会の会長を務めておられた有馬朗人国際俳句交流協会会長は令和二（二〇二〇）年十二月に、ホトトギスを主宰しておられた稲畑汀子日本伝統俳句協会名誉会長は令和四

（二〇二二）年二月に黄泉の国へと旅立たれました。残された私共は、その遺志を継いで、「俳句は世界で一番短い詩形であること、季語があることによって自然と協調し自然を大切にするという心が養われること、想像力の重要性を認識すること等の俳句の素晴らしさ」を、俳句ユネスコ無形文化遺産登録推進協議会の現会長で俳人協会理事長の能村研三先生他の皆様と共に、ユネスコへの登録の実現を目指したいと考えております。

とても人様にお見せするような俳句ではありませんが、初当選以来の人生の足跡として、恥ずかしながらこのような句集にまとめてみました。

一般の方の句に比べて、国会や選挙活動についての句が多くなっていると思いますが、このようなことを感じながら政治活動や俳句ユネスコ無形文化遺産登録推進議員連盟の活動をしているのだと、ご理解を深めて頂くことができれば幸甚に存じます。

令和六年一月吉日

略歴

盛山正仁（もりやままさひと）［俳号：盛山八望］

第二次岸田第二次改造内閣 文部科学大臣、衆議院議員、俳句ユネスコ無形文化遺産登録推進議員連盟事務局長

昭和二十八（一九五三）年十二月十四日生まれ

昭和五十二（一九七七）年東京大学法学部第Ⅲ類卒業、平成二十五（二〇一三）年神戸大学法学研究科修了（法学博士）、平成二十六（二〇一四）年商学博士（神戸大学）

昭和五十二（一九七七）年運輸省入省、昭和五十六（一九八一）年OECD（経済協力開発機構）運輸・観光課、平成十六（二〇〇四）年環境省地球環境局総務課長、平成十七（二〇〇五）年 国土交通省情報管理部長で退職。同年九月の衆議院議員総選挙で初当選し（兵庫県第一選挙区）、以後五回当選。自由民主党法務部会長、法務副大臣、自由民主党国土交通部会長、衆議院厚生労働委員長、衆議院議院運営委員

会筆頭理事、自由民主党国会対策委員会筆頭副委員長等を経て、令和五（二〇二三）年九月から現職。

盛山路子（もりやまみちこ）　［俳号：向日葵］

昭和二十九（一九五四）年七月一日生まれ
昭和五十二（一九七七）年白百合女子大学仏文科卒業
昭和五十四（一九七九）年盛山正仁と結婚
　一男三女の母

主な著作等

・愛知和男・盛山正仁編著『エコツーリズム推進法の解説』ぎょうせい、平成20年。
・谷津義男・末松義規・北川知克・江田康幸・田島一成・村井宗明・盛山正仁『生物多様性基本法』ぎょうせい、平成20年。
・盛山正仁『観光政策と観光立国推進基本法』ぎょうせい、平成22年。
・盛山正仁『生物多様性100問』木楽舎、平成22年。
・盛山正仁『観光政策と観光立国推進基本法　第2版』ぎょうせい、平成23年。
・盛山正仁『バリアフリーからユニバーサル社会へ』創英社／三省堂書店、平成23年。
・盛山正仁編著『環境政策入門　政策実務者が書いたこれ一冊で分かる環境政策』武庫川女子大学出版部、平成24年。
・盛山正仁『観光政策と観光立国推進基本法　第3版』ぎょうせい、平成24年。
・盛山正仁『鉄道政策』創英社／三省堂書店、平成26年。
・盛山正仁編著『平成26年改正　建築士法の解説』大成出版社、平成27年。
・盛山正仁編著『地域自然資産法の解説～発展するエコツーリズム～』ぎょうせい、

平成27年。
・盛山正仁編著『田村元とその時代―55年体制を生きた政治家―』創英社／三省堂書店、平成27年。
・盛山正仁「成年後見の事務の円滑化を図るための民法及び家事事件手続法の一部を改正する法律の概要」『金融法務事情　No.2045』一般社団法人金融財政事情研究会、平成28年。
・盛山正仁「成年後見の事務の円滑化を図るための民法及び家事事件手続法の一部を改正する法律の解説」『エヌ・ビー・エル　No.1078』商事法務、平成28年。
・大口善徳・高木美智代・田村憲久・盛山正仁『ハンドブック成年後見2法―成年後見制度利用促進法、民法及び家事事件手続法改正法の解説―』創英社／三省堂書店、平成28年。
・盛山正仁『我が国の真珠産業・真珠政策と真珠振興法』創英社／三省堂書店、平成29年。
・樺澤豊・佐々木弘・盛山正仁・正司健一「第三セクター鉄道経営のこれまでとこれから」『運輸と経済　第79巻第2号』一般社団法人交通経済研究所、平成31年。

・盛山正仁編著『所有者不明土地問題の解決に向けて―所有者不明土地の利用の円滑化等に関する特別措置法と今後の課題―』大成出版社、平成31年。
・盛山正仁編著『望ましい食品流通システムの構築に向けて―卸売市場法及び食品流通構造改善促進法の一部を改正する法律と今後の課題―』大成出版社、平成31年。
・盛山正仁『国際観光旅客税と観光政策―外国人観光旅客の旅行の容易化等の促進による国際観光の振興に関する法律の一部を改正する法律及び国際観光旅客税法の解説―』創英社／三省堂書店、平成31年。
・盛山正仁『トラック運送の課題・政策と働き方改革―貨物自動車運送事業法の一部を改正する法律（トラックの働き方改革法）の解説―』大成出版社、令和2年。
・佐藤信秋・盛山正仁・足立敏之編著『改正公共工事品確法と運用指針―新・担い手3法で変わる建設産業―』日刊建設工業新聞社、令和2年。
・盛山正仁「鉄道に対する公的関与」『都市計画　Vol.69 No.5 346号』公益社団法人日本都市計画学会、令和2年。
・遠藤利明・中川正春・盛山正仁・石橋通宏『学校教育の情報化―学校教育の情報化の推進に関する法律の解説と予算措置―』大成出版社、令和2年。

・盛山正仁『ユニバーサル社会を目指して』令和2年、三省堂書店／創英社。
・盛山正仁・鈴木憲和『森林を活かす都市の木造化推進法』令和4年、大成出版社。

句集　春夏秋冬

令和六年三月三日　発行

著　者　盛山八望　盛山向日葵

発行者　箕浦文夫

発行所　株式会社大成出版社
〒一五六－〇〇四二
東京都世田谷区羽根木一－七－一一
電話（〇三－三三二一－四一三一（代））
https://www.taisei-shuppan.co.jp/

デザイン：ビー・クス／印刷：信教印刷

ISBN978-4-8028-3557-2